LES VOLEURS D'ÉCRITURES

suivi de

LES TIREURS D'ÉTOILES

Azouz Begag est né en 1957, à Villeurbanne, de parents algériens. Il est écrivain (auteur de nombreux romans et essais) et chercheur au CNRS. Il est, depuis juin 2005, ministre délégué à la Promotion de l'égalité des chances. Son roman *Le Gone du Chaâba* a été adapté au cinéma et a connu un succès de librairie considérable. Azouz Begag a été nommé chevalier de l'Ordre national du mérite et chevalier de la Légion d'honneur.

Azouz Begag

LES VOLEURS D'ÉCRITURES

suivi de

LES TIREURS D'ÉTOILES

RÉCITS

Éditions du Seuil

TEXTE INTEGRAL

La première édition des *Voleurs d'écritures*, publiée en 1990 dans la collection « Petit Point » avec des illustrations de Catherine Louis, a été rééditée en 1998 et en 2002 dans la collection « Points Virgule ».

La première édition des *Tireurs d'étoiles*, publiée en 1992 dans la collection « Petit Point » avec des illustrations de Josette Andress, a été rééditée en 2002 dans la collection « Points Virgule ».

ISBN 2-02-090134-X

Les Voleurs d'écritures
(ISBN 1re publication : 2-02-012400-9
ISBN 2e publication : 2-02-034705-9
ISBN 3e publication : 2-02-053409-6)

Les Tireurs d'étoiles
(ISBN 1re publication : 2-02-013643-0
ISBN 2e publication : 2-02-053409-6)

Les Voleurs d'écritures

C'était devenu un geste instinctif : à chaque fois que je rentrais de l'école, je balançais mon cartable dans un coin et je courais rejoindre mes copains au bas de l'immeuble. Et ma mère récitait sa rengaine : « Le poison de la rue va te faire trébucher. »

Quand j'étais son petit, c'était différent. Elle avait fait écrire un mot magique par un homme-sorcier pour faire de moi un savant docteur. Et elle était persuadée que la magie fonctionnait à merveille quand elle me regardait étudier. Quand j'étais son petit, sitôt rentré de classe, mes devoirs et mes leçons absorbaient tout, mon temps, mon énergie et ma santé. Alors, pendant que je travaillais sur la table de la cuisine, elle tenait mes frères et mes sœurs à distance pour laisser l'air nécessaire à mon esprit. J'étais son petit qui allait devenir grand. Elle m'apportait des gâteaux au miel qu'elle avait cuisinés pour moi.

Mais un jour, je suis devenu grand. Brutalement. À cause de Dieu. Il a tué mon père.

Je me souviens très bien de ce jour. Celui où je suis un peu devenu mort moi aussi.

J'étais avec ma mère à la maison. Quelqu'un a sonné à la porte et elle m'a dit : « Va ouvrir, ton père a sonné. Il a dû oublier ses clefs. » Et j'ai couru à la porte. J'ai ouvert, mais ce n'était pas mon père du tout. C'était un autre homme. Un travailleur comme lui, ça se voyait sur sa figure et puis aussi au blouson en Skaï bleu marine qu'il portait et même au sac en toile à carreaux dans lequel les ouvriers mettent leur manger pour le casse-croûte. Casse-croûte : c'est l'un des premiers mots français que mon père avait appris. Il le connaissait tellement bien qu'il savait s'amuser avec lui. Il disait en riant : « Tu casses la croûte, chef ! » Pour rire du monsieur Khroutchtchev qui était un communiste que tous les travailleurs connaissaient. J'avais toujours le cœur au triste quand les soirs je regardais ma mère remplir la gamelle de mon père. Elle avait deux étages.

Dans le premier, elle mettait un beeftaike tout dur et rabougri, et dans le second, en bas, elle versait les légumes. Des pâtes. Presque toujours. Mon père faisait réchauffer tout ça au travail, dans une cabane où il y avait un gaz. La *gamilla* était faite en aluminium gris, usé et froid. Juste à la voir, j'avais pitié de mon père. J'avais froid pour lui. Je préférais qu'il rentre manger avec nous à midi plutôt que de l'imaginer réchauffer sa *gamilla* comme les pauvres qui n'ont pas de famille et qui mettent sur leur tête un mouchoir plié par des nœuds aux quatre coins pour se protéger du soleil. Mon père à moi, je voulais pas qu'il soit pauvre comme ceux qui n'ont pas d'enfants.

Je travaillais bien à l'école parce que je voulais vite devenir savant, gagner beaucoup d'or et le donner à mon père pour qu'il aille manger au restaurant à midi, des bonnes pâtes bien chaudes, de la viande tendre et aussi pouvoir prendre beaucoup de force pour le travail. Mais Dieu n'a pas voulu. Il l'a fait céder avant qu'il ait pu voir le monde, la terre et les restaurants.

Le monsieur à qui j'ai ouvert la porte n'était pas mon père. C'était son chef. Celui qui donnait les ordres et la paye. À chaque fois qu'il avait besoin d'un acompte, mon père disait : « Je vais demander au chef, c'est un homme gentil. » Il trouvait tous les hommes gentils. Mais c'est vrai que le chef lui donnait toujours ses acomptes au milieu du mois.

– Bonjour p'tit ! ta maman est là ? a demandé le chef.

– Mon père n'est pas encore arrivé, j'ai répondu, parce que ma mère ne pouvait pas bien comprendre ce qu'il allait dire.

Elle ne pouvait pas non plus bien lui parler. Mais il a insisté. Son regard était bizarre. Alors je suis allé chercher ma mère. Il lui a jeté à la figure le mot DCD. Elle m'a regardé et m'a demandé qu'est-ce qu'il avait « dicidi » le chef, et moi je ne pouvais pas encore comprendre ce que voulait dire « votre mari est DCD ». DCD... ABCD... ma mère et moi nous étions deux ignorants devant le chef de mon père qui essayait justement de nous dire qu'il n'était plus chef de mon père. Ensuite il a dit : « Monsieur Slimane est mort cet après-midi... Un accident du travail. » Et ma mère qui ne comprenait du français que le minimum vital est tombée sur le carrelage comme un chêne tranché par l'ultime coup de hache. Moi je suis devenu grand et vieux en même temps. C'est comme si quelqu'un avait ouvert une porte et que des dizaines d'années, engouffrées en courant d'air dans mon passé, m'avaient soudainement couvert la tête de cheveux blancs.

Mon père était employé par une entreprise de nettoyage des cuves de pétrole d'une raffinerie. D'immenses cuves dans lesquelles il descendait, le visage serré dans un masque à gaz. Et un jour il n'est pas remonté. C'est tout. Mort au travail. Le chef l'a dit simplement.

Depuis ce jour, mon cœur s'est mis à battre un rythme à contretemps comme s'il avait des ratés. Depuis ce jour, j'ai balancé à la poubelle mon rêve de devenir docteur savant. Volatilisée l'envie d'apprendre le calcul, les affluents de la Seine, l'histoire des rois Louis, les récitations de Paul Verlaine. Quand mon père est devenu DCD, j'ai vu ces choses toutes petites dans la vie et complètement inutiles. Les maîtres ne nous apprenaient pas à voir le vrai visage des jours. Quand mon père est devenu DCD, j'ai vu que la vie c'était comme les lettres de l'alphabet qu'on pouvait réciter en s'arrêtant aux premières lettres : A, B, DCD... Après c'est plus la peine, on est mort. Ça sert à rien d'apprendre tout de A à Z quand on n'est pas sûr de dépasser le D. Un jour, nous serons tous classés DCD. Ça fait peur, l'éclipse totale. Je voudrais voir tous les gens du monde avant de DCD moi aussi. Mon père n'a rien vu du tout. Il a été comme un aveugle dans des cuves aux parois denses comme le brouillard. Ma mère elle non plus n'a rien vu du tout. Elle voulait que je voie pour elle, que je passe le diplôme de savant pour qu'un jour elle puisse s'agripper à mon épaule et visiter le monde avant la fin.

C'est dommage, moi je ne désirais plus du tout faire savant après le DC de mon père. Devenir riche ! c'est ça que je voulais. Tout de suite. Je n'avais plus le temps de préparer mon avenir. Les savants ne sont jamais riches. Ils sont tellement passionnés par leur travail qu'ils oublient de gagner de l'argent pour le rapporter à leur famille. Les savants meurent pauvres. Comme mon père. Et les riches, qui ont beaucoup de sous, vivent plus longtemps. Ils achètent le temps de voir plus de choses sur la terre. La douceur de vivre. Je voulais être riche, très riche. Pour venger la vie aveugle de mon père. Il descendait nettoyer les cuves de pétrole pour me voir un beau jour porter un costume trois pièces et venir le chercher au travail dans une voiture grande comme un autobus. Il ne verra plus le costume ni la voiture géante.

À la maison, on avait l'impression de marcher sur une jambe depuis sa disparition. Ma mère n'arrêtait pas de me répéter froidement : « Si toi aussi il t'arrive quelque chose, on sera foutu. Je ne pourrais pas m'occuper de tes frères et sœurs... » Fils aîné, j'étais désormais la seule jambe de soutien de la famille. Ma mère tenait fermement à la conserver, celle-là. « Où tu vas encore ! ? » elle demandait avec l'angoisse dans le blanc des yeux quand j'allais rejoindre mes copains dans la rue. « Pourquoi tu vas errer comme un fou au lieu de t'occuper de ta famille ? Un homme doit rester chez lui ! »

Mais je ne voulais pas être un homme. Pas encore. Pas comme ça.

La rue m'attirait comme le parfum des filles. Elle avait un goût sucré irrésistible. Alors, à chaque fois que ma mère essayait de me ceinturer avec son grappin sentimental pour me retenir à mes obligations d'homme, je finissais par devenir méchant. Et quand elle me poussait à bout, je la menaçais de ne pas rentrer de toute la nuit. À ce moment-là seulement elle me laissait m'envoler. La peur au ventre. Et moi je sentais mon sang couler comme un torrent fou et venir se jeter dans la cascade de ma gorge.

Il fallait vite que je devienne riche pour donner à ma mère de quoi s'acheter tout ce qu'elle veut et vivre en souriant. Hélas, je n'étais qu'un lycéen débutant. À part la bourse que nous donnait la société pour « famille économiquement faible » je ne rapportais rien du tout à la maison. On pouvait pas aller bien loin avec ça. Fallait trouver des ressources nouvelles.

Dans mon quartier, j'avais trois copains. Ma mère les appelait les « foyous ». Elle était sûre que leur fréquentation allait me conduire en prison. Les mamans ont des intuitions...

J'étais le seul à fréquenter une classe normale à mon âge, une classe de cinquième au lycée. Eux étaient inscrits dans celles où on apprend un métier manuel et comment compter l'argent de sa paye. Momo préparait un CAP de chaudronnier, Vincent un CAP de plâtrier-peintre et Luis un BEP de monteur-ajusteur. Des métiers très techniques.

C'étaient tous les trois mes copains. Quand ils étaient à mes côtés, je me sentais bien. C'est tout. On ne peut pas expliquer plus. Je ne savais pas comment dire ça à ma mère. Ça faisait bête.

Avec ses longs cheveux noirs aux reflets bleus, un visage sculpté tout en finesse, Vincent plaisait beaucoup aux filles. À cause de ça, il inspirait le respect. Et s'il n'avait pas eu les dents déjà tout abîmées par la nicotine du tabac, il aurait un jour séduit un mannequin et il n'aurait plus eu besoin d'un CAP de plâtrier-peintre pour le restant de ses jours. Pour le reste, ma mère avait raison : Vincent était un voleur. Un vrai. Un de ceux qui prennent un plaisir intime à s'emparer, toucher, posséder les objets des autres. Il avait réussi à transmettre cette passion à Momo et Luis. Ils en étaient eux aussi complètement dépendants. Pénétrer avec effraction dans un appartement vide, écouter le bruit sec d'une vitre qui cède, ouvrir les voitures avec une lime à ongles ou une paire de ciseaux, s'infiltrer dans des vestiaires pour des viols de vestes et de blousons.

Ces opérations de grande délicatesse et d'émotion piquante étaient devenues une drogue quotidienne. À chaque fois que je les retrouvais dans le quartier, ils jouissaient, commentaient un coup, échafaudaient les plans d'un autre. De vrais complices.

Au début, ils me tenaient systématiquement à l'écart de leurs aventures de voleurs. À cause de Vincent, le chef. Ça m'énervait. Il disait que j'étais trop intellectuel pour ce genre d'activités. Un jour, alors que j'essayais de crâner pour montrer que j'étais un homme au poil dur, Vincent m'a demandé de montrer les paumes de mes mains.

Quand je les ai ouvertes, ils se sont mis à hurler de rire en disant que j'avais des « mains de femme », aussi lisses que de la peau de fesses.

– T'es pas fait pour travailler avec tes mains, tu vas les abîmer, a dit Momo.

Puis il m'a montré les siennes. On aurait dit des plantes de pieds ! Elles étaient toutes fripées, durcies par le ciment, craquelées comme un torrent raidi par le soleil africain, noircies par le cambouis à la pliure des phalanges, jaunies au bout des doigts par les Gauloises sans filtre. Ces mains-là en avaient touché du pays !

Les miennes n'avaient tenu que des stylos au cours de leur vie studieuse. Elles n'avaient jamais été gonflées par une seule cloque. De la vraie peau de fesses, en effet ! C'est pas avec ça que j'allais devenir riche. Vincent ne voulait pas m'emmener en expédition avec son commando à cause de cette peau de bébé et aussi à cause de mon « duvet »... et ça voulait dire que je n'étais pas encore un homme, qu'il valait mieux que je continue à lire mes livres et à faire mes devoirs au lieu de risquer d'aller en prison.

Sur les joues de l'Homme pousse un poil dur. Et d'ailleurs, pas seulement sur les joues.

– De toute façon, si les policiers nous harponnent, tu vas être le premier à nous balancer. T'as pas l'habitude ! a dit Luis en plaisantant à moitié.

– Pourquoi ? Ils nous torturent quand ils nous attrapent ! ? j'ai demandé avec un air de celui qui vient juste de poser ses valises dans un nouveau pays.

Vincent a lâché sur un ton grave que c'était bien pire que ça. Il a dit qu'une fois qu'on avait mis les pieds en prison, après, pendant toute la suite de sa vie on était comme derrière des barreaux. À cause du « casier judiciaire » de notre livre de conduite. C'est le roi du palais de justice qui tient ce livre de comptabilité pour tous les gens. Quand quelqu'un fait une bêtise, on l'inscrit en rouge. Ensuite le type ne peut plus trouver ni travail, ni maison, ni femme, ni rien du tout, parce que toute la terre a peur de lui à cause de son séjour au pays des voleurs.

Moi qui voulais être riche, je n'avais pas intérêt à me faire remarquer par les comptables du grand livre. J'ai eu peur, mais je ne l'ai pas montré à Vincent. Je ne lui ai pas posé d'autres questions. Au fond de moi-même, je me suis souvenu qu'il suffisait de me chatouiller sous les pieds pour me faire avouer n'importe quoi, même les choses que je ne connais pas. Ils avaient raison, les voleurs des quatre saisons, je n'étais pas bien fait pour ce métier d'artistes !

Après le DC de mon père, les choses n'étaient plus pareilles. Je cherchais de plus en plus à me sentir fort, très fort, plus fort que tout le monde. Être considéré comme un chêne, capable de résister aux plus violentes rafales de vent. Inspirer le respect, l'admiration, comme Vincent. Devenir un séducteur comme lui. Frissonner à sa manière en brisant une vitre de voiture, en caressant le portefeuille d'un inconnu, palper l'argent gagné sans transpirer. Découvrir des lingots d'or scintillant dans le coffre-fort d'un appartement : celui d'un riche avocat. S'emparer du trésor et le distribuer à tous les enfants de papas qui polluent leurs poumons dans les cuves à pétrole ou qui mangent leur casse-croûte de midi dans des *gamillas* en aluminium écaillé, parce qu'ils n'ont pas de sous pour se payer le restaurant. Prendre une photo : celle de l'avocat qui rentre chez lui et trouve son coffre, le coffre qui remplit sa vie, vide ! Nettoyé ! Je souris en imaginant sa vie fondre comme l'or en fusion et glisser dans le vide tel un torrent libre.

Je rêve. Pourquoi un avocat ? Je ne sais pas. Peut-être à cause de Vincent. Il dit que lorsque les prisons sont pleines, les poches des avocats aussi. Les unes de voleurs, les autres d'argent. C'est certainement pour ça que je voulais détrousser un défenseur de malfaiteurs. Pour être à sa place défenseur des pauvres et des opprimés. Mais seul je ne pouvais rien faire. Il fallait que je montre aux trois « foyous » que je savais être voleur moi aussi. Il fallait que je trouve une clef pour entrer dans leur monde... Ma mère avait bien raison : la vie extérieure pullule de démons.

Un samedi matin, je me suis lancé. La plus grande folie de ma vie. Je suis allé au centre-ville devant l'arrêt du bus n° 27, place des Cordeliers, là où il y a un bureau-tabac.

Depuis longtemps déjà, j'avais remarqué ce manège : beaucoup de gens garent leur voiture devant l'arrêt du bus, mettent leurs feux de détresse, sortent comme s'ils avaient un besoin pressant, courent dans le magasin acheter un journal et des cigarettes, et pendant ce temps le moteur de leur voiture tourne toujours. Souvent j'ai eu envie, juste pour rire, de commettre un grand délit dans ma vie tranquille. Voler une voiture ! Mais heureusement je ne savais pas conduire. Ce matin-là, je me suis pointé devant ce bureau-tabac. J'ai attendu. J'ai laissé passer plusieurs occasions. Je savais ce que je voulais faire. Une dame d'environ quarante ans a garé sa Golf et elle est sortie en courant. Elle portait lourdement ses quarante ans, serrée dans un joguingue tout blanc, allait sans doute courir pour le plaisir. La Golf noire toussait par saccades irrégulières une fumée blanchâtre et crémeuse par-derrière.

Comme un félin je me suis introduit à l'intérieur. L'odeur forte du parfum faisait encore exister la dame blonde. La radio marchait. Je connaissais la chanson, c'était Michel Fugain : « C'est un beau roman, c'est une belle histoire, c'est une romance d'aujourd'hui... » Quand j'ai décroché les clefs du contact, tout s'est arrêté. Je suis vite sorti et j'ai couru de toutes mes forces vers chez moi, les clefs dans la main. De toute façon, je savais que la dame ne pourrait pas me rattraper. Je n'avais pas très très peur. Juste un petit peu parce que c'était la première fois que je volais vraiment de mes propres ailes.

Je suis revenu dans mon quartier. Comme je n'avais rien à faire, je suis allé m'asseoir sur les marches d'escalier, juste devant l’entrée de l’allée de Vincent, Momo et Luis. J’ai pensé à la dame blonde. Elle avait dû faire une drôle de tête avec ses cigarettes et son journal à la main, en jogingue sur le trottoir d’un samedi matin et sa Golf froide.

J’ai regardé les clefs. Il y avait celle de la voiture et trois autres, plus grandes. C’étaient sans doute celles de l’appartement de la dame. Je les ai serrées entre mes doigts et puis je suis allé les cacher dans la cage d’escalier. Avec une telle pièce à conviction sur moi, j’étais bon pour la prison. Maintenant que mon corps était froid, que mon cœur respirait normalement, je commençais à regretter. Ensuite je me suis mis à avoir pitié de la dame qui n’avait rien à voir dans mes affaires personnelles. « Et si elle avait des enfants et tout ça ! » je me suis même demandé.

J'étais tout embrouillé dans ma tête. Je pensais même jeter le trousseau de clefs dans l'égout du parking pour tout effacer, quand Vincent et Luis sont arrivés. Dès que je les ai vus sortir de l'allée, je me suis levé et je suis allé à leur rencontre en frétillant comme un goujon. Nous nous sommes dit bonjour et tout de suite j'ai annoncé la couleur. Mon geste de bravoure allait leur en mettre plein la vue. En surveillant discrètement autour de moi pour vérifier que personne n'épiait, je leur ai dit de me suivre à l'endroit où j'avais caché les clefs. Ils étaient intrigués. J'ai dit à Vincent :

– Viens, je vais te montrer quelque chose que j'ai fait avec mes mains de peau de fesses !

Luis a suivi. Je marchais devant, la fierté bien droite.

– Qu'est-ce qu'y a ? ne cessaient de demander mes deux copains.

– Z'allez voir ce que vous z'allez voir ! je disais mystérieusement.

Quand j'ai exhibé le trousseau de clefs, Vincent a fait une tête bizarre. J'ai expliqué que deux heures plus tôt, derrière ces clefs, il y avait une Golf noire. Puis j'ai détaillé mon exploit. C'est seulement à la fin que Vincent a dit :

– T'es un vrai abruti, bravo !

Luis a complété et pendant un bon moment ils ont ri de moi parce que de toute leur vie de voleurs ils n'avaient jamais rencontré un original de ma trempe. Luis a même conclu que ça servait à rien d'aller à la grande école des intelligents pour rester aussi alpha-bète que ses pieds.

J'étais tout coincé avec les clefs dans la main. J'ai demandé à Vincent :

– Qu'est-ce que je fais maintenant ?

Il a dit que j'avais qu'à me débrouiller avec mes idées de fou. J'ai pensé à rapporter le trousseau au commissariat de mon quartier et le déposer dans la boîte aux lettres. Mais j'avais mes empreintes dessus maintenant. C'était trop tard. Finalement je suis allé les balancer dans une bouche d'égout pour qu'on n'en reparle plus jamais de la vie. Ni vu ni connu ni touché. Rayé de la carte, ce samedi matin !

À ce moment j'ai pensé à mon père. Je me suis dit dans ma tête : « S'il me voyait en train de dérailler comme ça dans la vie... »

Je ne disais plus rien. Mes deux copains parlaient à côté de moi en murmurant. J'aurais voulu courir en arrière dans le temps pour revenir à hier soir, monter dans une machine à remonter la rivière des jours, pour tout recommencer à zéro. Même avant que mon père ne cède. Pour exister dans la famille des voleurs, j'aurais volé une petite chose à Carrefour. Tout le monde aurait été content. Soudain l'envie s'est pointée. L'envie de pleurer. C'est comme si mon cœur proposait de l'intérieur un répit liquide parce qu'il ne savait plus où il habitait lui non plus. J'ai dit non. Pas devant mes copains.

– T'es un peu fou mais courageux quand même ! a ensuite dit Vincent.

– T'es courageux mais quand même fou ! a dit Luis.

Puis il s'est tourné vers son chef et lui a demandé si je pouvais aller avec eux ce soir à la bibli.

Le chef n'a pas répondu tout de suite.

– Et maintenant ? j'ai fait.

– Et maintenant quoi ? a repris Vincent.

– Je fais partie de la bande ou pas ?

– Ouais.

– Ce soir, tu commences ! ? a lancé Luis. À la bibliothèque du centre commercial. On va t'essayer pour voir.

– On va chercher la caisse où ils mettent les ronds des cotisations... J'ai vu plein de billets une fois. C'est une vieille qui s'en occupait. Dans son bureau, le deuxième tiroir sur la droite... C'est là qu'elle a tout mis, a précisé Vincent.

– Comment on fait pour rentrer ? j'ai demandé.

– Il a tout prévu ! a répondu Luis. Il prévoit tout jusqu'au plus petit détail...

Nous nous sommes tapé dans le creux des mains pour célébrer le pacte. Une joie immense gonflait mon cœur. J'étais enfin quelqu'un avec de vrais copains et la vraie vie commençait pas si mal que ça.

Il était autour de midi. Sur le marché de la place, les marchands forains pliaient leurs étalages. Leurs caisses étaient pleines.

– Un jour, faudra qu'on vienne voir ça de plus près ! a dit Vincent.

L'idée de caisse et de coffre-fort l'obsédait comme celle de l'île au trésor. Il voyait des lingots d'or partout autour de lui.

Les cantonniers commençaient déjà leur ballet de balais, vêtus de leur tenue de plastique orange. Vincent et Luis se moquaient d'eux. Ils les méprisaient avec les yeux. Balayer les souillures des gens, c'était pour eux la preuve la plus dégoûtante d'une vie ratée. J'étais d'accord avec ça maintenant. En pensant à mon père.

Puis nous sommes tous rentrés chez nos mères pour manger. La mienne était dans un état pitoyable. Elle se plaignait justement d'être allée au marché et d'être revenue le porte-monnaie vide et le panier encore plus. L'argent ! Plus que jamais, j'avais le désir de faire fortune le plus rapidement possible et aider ma mère à retrouver un sourire argenté. Ce n'est pas en allant gentiment au lycée, jusqu'au bac, que j'allais pouvoir faire ça. J'avais moi aussi une drôle d'envie de caresser les caisses des autres.

À fréquenter des voleurs, on devient aussi voleur. Les mamans ont des intuitions... mais qu'importe.

Vers 17 heures nous sommes allés tous les quatre nous pointer devant l'entrée de la bibliothèque, de l'autre côté du centre commercial du quartier. Nous nous sommes assis sur un banc et nous avons regardé les gens sortir. Il y avait des étudiants qui avaient passé là toute la journée au lieu de vivre leur vie en souriant, des enfants pris par le démon de la lecture, des femmes surtout, toutes du même style « pisse and love, j'élève mes moutons et je mange du fromage de chèvre ». Momo et Luis ne cessaient de se moquer de ces gens qui n'ont rien d'autre à faire que de fourrer leur tête dans les bouquins pendant que le soleil brille sur la terre. Ils ricanaient à propos des filles surtout. Elles avaient des choses beaucoup plus intéressantes à faire pour passer le temps !

Puis les deux bibliothécaires sont sorties. Elles ont fermé les portes derrière elles. Il y avait la dame aux cheveux courts et veste en laine que Vincent avait vue, soi-disant, avec une caisse pleine d'argent à la main, et une autre, beaucoup plus jeune et beaucoup plus belle. Quand elle est passée devant nous,

Momo lui a adressé un appel sous forme d'un sifflement, mais elle n'a pas daigné répondre au compliment.

– Bêcheuse ! a dit Momo.

– C'est comme ça qu'on se fait remarquer ! j'ai dit en pensant aux portraits-robots qu'on allait faire de nous en cas d'ennuis.

Momo n'a pas bien compris. Puis Vincent s'est redressé sur ses jambes fines et il a donné le signal du départ. À part lui, personne ne savait rien du plan, alors nous l'avons suivi comme des soldats disciplinés. Nous avons contourné le bâtiment de la bibliothèque pour arriver du côté d'une petite fenêtre entrouverte.

– C'est la fenêtre des chiottes. Je l'ai ouvert c't' aprème ! a fait Vincent.

Alors là j'ai corrigé.

– Je l'ai OUVER... TE !... quand le COD est placé avant le participe passé, on accorde. Quand le COD est placé après, on n'accorde pas. C'est moi qui l'ai ouvert... Ouvert quoi ? La fenêtre ! Elle est placée devant le participe...

– Elle est placée là, en face de tes yeux ! a dit Vincent, agacé.

La place du COD ne l'intéressait pas vraiment. Son esprit était trop accaparé par la caisse de la vieille bibliothécaire. Malheureusement, la fenêtre était située un peu trop haut par rapport à notre taille. Il fallait faire la courte échelle. J'ai appuyé mon dos contre le mur, croisé mes mains ouvertes à la hauteur de mon bas-ventre et j'ai fait signe à Vincent de monter le premier. Il a posé son pied droit sur mes mains « de fesses » et s'est hissé jusqu'à la fenêtre puis s'est engouffré dans les w.-c. Ensuite Momo m'a offert ses mains « plantes de pieds » pour me faire monter et Luis a donné les siennes pour aider Momo.

Une fois à l'intérieur des w.-c., j'ai entendu quelqu'un qui vociférait dehors :

– Et moi, qui c'est qui va me faire la courte échelle ! Bande d'enfoirés ! Oh, Momo ! Reviens me faire monter, moi je t'ai aidé, salaud !

Momo qui venait de débarquer dans les toilettes me dit :

– Il est vraiment bête ce Spanche ! Écoute c' qu'il est en train de me raconter. Il voudrait que je retourne lui faire la courte échelle... Quel âne !

Puis en riant, à Luis :

– Surveille dehors, toi ! T'as pas besoin de venir avec nous.

Puis il m'a adressé un sourire heureux. Il savait que l'Espagnol allait redoubler de rage.

– Enfoiré ! criait Luis de l'autre côté du mur.

Puis Momo est monté sur la cuvette des w.-c. et il a passé sa tête par la fenêtre pour le regarder. Il lui lançait de grands coups de langue pour l'enrager et ça marchait au quart de tour. Luis insultait en espagnol maintenant. Soudain Momo s'est affalé par terre. La cuvette des w.-c. qui était mal arrimée sur le sol est tombée à la renverse sous son poids. Les tuyaux ont cédé. De l'eau a commencé à couler de partout. Vincent est revenu vers nous.

– Qui c'est qu'a fusillé les chiottes ? il a demandé en me regardant avec des yeux accusateurs.

J'ai regardé Momo.

– C'est pas possible ! a fait Vincent en le fixant avec gravité. On peut pas te laisser une minute tout seul sans que tu fasses une connerie. Allez, remets ça en place, c'est pas moi qui vais le faire, non ?

Momo s'est exécuté. En grommelant. Mais il s'est exécuté quand même. Le chef avait parlé. Quelqu'un continuait d'insulter en espagnol dehors.

– Oh, tu veux nous faire repérer ou quoi ! a lancé Vincent.

– Je veux venir ! Dis à Momo qu'il me fasse la courte échelle ! faisait toujours Luis en pleurnichant.

– Fais le guet dehors ! a conclu Vincent.

Puis nous sommes entrés à l'intérieur de la caverne d'alivres Baba.

– Faut faire vite, sinon on va se faire noyer par l'eau des chiottes ! a lâché Momo qui commençait déjà à montrer les premiers signes de la peur.

– Ça va tout tomber chez les voisins du dessous ! j'ai dit.

La bibliothèque s'était refermée sur ses livres comme une fleur se plie dans sa couette de pétales. Un drôle de silence habitait ces lieux déserts. Toutes les histoires qui dormaient dans ces livres, c'était inquiétant. Je me sentais comme un point minuscule dans cet univers. Un vertige a commencé à rendre mes jambes toutes molles, comme si l'angoisse ou quelque chose qui lui ressemble s'installait en moi. J'avais honte d'être entré dans cette chambre à livres comme un voleur professionnel.

Pendant que je regardais avec une mystérieuse admiration les livres déposés dans l'« espace » roman, science, BD, géographie, aventures,... Vincent avait commencé une fouille minutieuse du bureau de la bibliothécaire. Muet, Momo se tenait vers les bandes dessinées. Il avait ôté son pull et en avait fait un grand sac dans lequel il enfouissait des dizaines d'Astérix, d'Alix et autres bandes dessinées aux mille couleurs et aux personnages de tous genres. Je souriais. Momo ne pourrait jamais porter autant de livres à la fois.

Et Vincent fouillait à présent la blouse de la bibliothécaire.

– Une culotte ! grommela-t-il en jetant à terre l'objet de rechange de la gardienne des livres. Mais où elle l'a planquée cette caisse, la vieille !

– P't-être que tu l'as jamais vue cette caisse, j'ai dit.

Il m'a regardé dans les yeux avec un air de fatigue. Puis il m'a demandé pourquoi je ne l'aidais pas à chercher le magot au lieu de rester planté là comme un arbre. Alors j'ai fait semblant de chercher dans les rayons en ouvrant quelques livres comme si des billets de 100 allaient s'en détacher telles les feuilles mortes de l'automne.

– Tu vas faire ça avec tous les bouquins qu'y a là ? a lâché Vincent ironiquement.

– Si t'as vraiment vu de l'or, il est forcément dans les livres. C'est toujours plein de richesses dans les livres ! j'ai fait remarquer sur un ton décisif.

– En tout cas, personne pose ses sales mains sur mon magot à moi ! » a dit Momo jubilant sous le poids de son trésor qu'il traînait derrière lui en venant nous rejoindre. « Primo, je vais tous les bouquiner tranquillos ; deuxièmemo, je vais les revendre 20 ou 30 balles pièce ; et troisièmemo, je vais me faire un pognon d'enfer ! Pas besoin de chercher la caisse, moi !

– N'oublie pas que c'est grâce à moi que tu es là, petit ! a rappelé Vincent. Fifty-fifty.

J'ai continué à feuilleter des livres que j'ouvrais pour déguster la première phrase. C'est elle qui ouvre la ligne aux autres. Elle est toujours élégante. Puis je regardais les titres. C'est alors que le hasard a porté ma main sur un petit livre de rien du tout, qui avait l'allure d'un nain à côté des autres, mais qui sentait la magie. *Le Vieil Homme et la Mer*. Je l'ai pris entre mes doigts. J'ai regardé la couverture. J'ai lu la première phrase, puis la seconde. Puis je suis parvenu comme ça à la page 22... quand une voix sèche a fouetté le silence velouté de la bibliothèque :

– Ça suffit les jeunes. Les mains en l'air !

Le Vieil Homme m'a échappé des mains. J'ai vu Vincent essayer un pas de fuite vers la sortie. Mais la voix de gendarme a remis les choses en place :

– J'ai dit on bouge pas. Tranquille ! Mains en l'air !

Là, j'ai eu peur. Comme si c'était la guerre et que les ennemis nous avaient capturés. Ils allaient nous torturer. Nous exécuter.

Deux gendarmes tout de noir et bleu vêtus. Ils ne plaisantaient pas. Au bout de leur main droite, ils serraient des revolvers qui nous regardaient avec un air menaçant. Dans l'obscurité inquiétante du canon, je voyais déjà la mort, l'odeur du sang, j'entendais l'impact de la balle sur mon corps, déchirant la chair, cassant les os.

– Mains en l'air tous les trois ! a répété un gendarme moustachu. On va pas vous le répéter mille fois, non !

Tous les deux s'avançaient vers nous à pas de loup, très prudemment parce qu'ils avaient peur. Ils tenaient fermement leur arme au cas où.

– Les mains contre le mur !

Nous nous sommes mis dans cette position que nous connaissions parfaitement grâce à Starsky et Hutch.

L'autre gendarme nous a fouillés pour trouver les armes.

Quand il est arrivé à moi, il a passé ses mains entre mes cuisses et il a effleuré mon zizi et ça m'a beaucoup fait rire à cause des chatouilles.

– Ça te fait rire. Tu riras moins tout à l'heure !

Ils allaient nous torturer, les hommes noirs. L'autre qui nous tenait en respect pendant la fouille a demandé qui était le chef, ici. Et sans hésiter une seconde, Momo a voulu montrer qu'il était prêt à collaborer sans condition, qu'il pouvait tout avouer, et même plus. Il a dit :

– C'est lui : Vincent.

Et il l'a même désigné du doigt au cas où on ne l'aurait pas vu.

Vincent a craché un très gros mot en espagnol de HLM.

– Où c'est donc que tu vas avec les livres dans ton pull toi, le Suédois ? ! ! a demandé le gendarme.

Momo avait son butin juste à ses pieds. C'était un indice de culpabilité évident. Mais il en fallait plus pour le perturber.

– C'est pas à moi ! il a dit en se retournant vers l'accusateur comme pour montrer qu'il n'avait pas peur de regarder la vérité en face.

– Mains au mur ! a rappelé le gendarme. Alors c'est à qui ? À moi peut-être !

Momo était incapable de répondre.

– À qui il est le pull ? a alors demandé le gendarme.

– À moi, a fait Momo bien penaud.

– Et tu sais pas qui a mis les livres dedans ? Mon pauvre petit ! On t'a tout abîmé ton pupull... Le pupull à son nounourse...

Momo avec un temps de réponse a fini par avouer :

– C'était pour s'amuser.

– Eh bien on va aller s'amuser au poste. Demi-tour ! Vol avec effraction, ça va chercher dans les six mois de prison...

– M'sieur on est mineurs ! On peut pas nous mettre en prison ! ? j'ai dit en posant la question.

Mais l'autre gendarme a fait savoir que la société avait tout prévu, qu'elle avait des prisons-hôtels spéciales pour mineurs et même qu'on allait être comblés puisqu'il y avait même une bibliothèque à l'intérieur. On allait pouvoir lire jusqu'à « livre-esse ».

– J'espère qu'y a *Papillon* ! a dit Vincent en plaisantant, comme si c'était un moment à plaisanteries.

Puis les gendarmes nous ont demandé de leur montrer l'endroit par où nous étions entrés, et Momo a tout de suite répondu, avant même qu'ils ne terminent leur question.

– Par les w.-c., m'sieur !

Nous y sommes allés. Quand ils ont vu la cuvette renversée sur le côté comme un arbre déraciné par un cyclone et l'eau des tuyaux qui giclait en sifflant, les gendarmes ont poussé des cris et ils ont dit que maintenant ça allait nous coûter vraiment très très cher.

– C'était comme ça quand on est arrivés ! j'ai affirmé.

– Et vous êtes entrés par la cheminée ! a fait le gendarme avec ironie. Allez, bande de malfrats ! Maintenant, faut passer à la caisse !

C'était vraiment le cas de le dire !

Nous nous sommes finalement retrouvés au poste de police. Dès que nous avons mis un pied dans cet endroit sinistre, un autre représentant de l'ordre, assis derrière son bureau jaune pourri a demandé avec un air très mauvais et un accent très fort :

– Qui c'est ça encore ? !

– Vol avec effraction à la bibliothèque. Pris en flagrant délit. Ils ont tout cassé à l'intérieur... a énuméré l'un.

– Des amoureux de la lecture ! a rigolé l'autre.

– Avec la tête qu'ils ont ces zigotos, y m'ont pas l'air d'être des intellectuels, a fait celui assis derrière son bureau. Vu la casse qu'ils ont fait, c'est des apprentis truands, oui ! !

– La casse qu'ils ont fait... TE ! j'ai dit en murmurant. Quand le COD est placé avant l'auxiliaire ou le participe passé, on accorde...

– Je vais t'accorder un coup de pied au cul, tu vas voir où il est mon COD ! ! a hurlé méchamment un gendarme qui croyait pas qu'on étaient des penseurs réfléchis.

L'un d'eux a ensuite regardé Vincent dans les yeux et a dit :

– Qu'est-ce que vous êtes venus foutre là-dedans ?

Vincent, en remontant une mèche de cheveux rebelle :

– On voulait lire des Astérisques !

– Tu te fous de ma gueule ? !

– Non ! Je le jure sur la tête de ma mère ! C'est la vérité ! Qu'elle crève à l'instant si je mens !

Puis le gendarme a fixé Momo dans les yeux :

– Toi le Suédois, tu m'as l'air d'un gentil collaborateur... Dis la vérité ou on t'expulse d'où tu viens !

De gris, Momo est devenu bleu, mais il a tenu le coup :

– On voulait lire des livres, m'sieur ! La vie de ma mère qu'elle crève par terre à l'instant c'est vrai ! ! !

– Je m'en fous de vos mères qui crèvent ! a hurlé un policier.

Il m'a ensuite regardé dans les yeux et posé la même question. Même réponse. Décidément il ne pouvait pas y avoir de doute. Alors ils nous ont fait asseoir sur des chaises disposées en ligne contre le mur et ils sont allés dans un coin de la pièce pour une délibération rapide.

À ce moment, je savais qu'on n'irait pas en prison. Ils ne pouvaient pas imaginer la vérité. Elle était trop folle. D'ailleurs, sûr que la cassette n'avait jamais existé.

Un gendarme est enfin venu vers nous et il a dit qu'il fallait maintenant remplir des dossiers sur cette affaire. Chacun de nous a donné le nom-prénom du père, de la mère, adresse, date de naissance, date de DC, et ensuite nous avons fait une séance de photos. Face, profil gauche, profil droit... On ne rit pas ! On n'est pas dans un salon de jeu, nom de Dieu ! J'ai demandé pourquoi on faisait des photos et le monsieur a dit que c'était lui qui posait les questions. Compris !

– C'était juste une question, j'ai dit.

– Après ça vous pourrez rentrer chez vous, les gones. On a votre matricule au fichier central... Maintenant vous êtes dans l'ordinateur. On sait où on peut vous trouver. La prochaine fois que vous voudrez lire des livres, prenez une carte à la bibliothèque. Ça coûte moins cher que ce que vous allez payer pour la réparation des dégâts... Enfin, c'est plutôt vos pères qui vont payer, parce que vous êtes même pas foutus de réparer vous-mêmes vos conneries...

« Mon père à moi il a déjà tout payé », j'ai dit dans ma tête.

Nous avons tous dit un « merci m'sieur ! » très gentil et nous sommes sortis de la maison de la police comme de petits enfants surpris par leur grand-mère en train de voler du chocolat dans l'armoire, les fesses serrées et la tête enfoncée dans les épaules. Une fois dehors, à « l'air livre », nous avons été pris de fou rire et nous sommes retournés vers notre immeuble en courant comme des prisonniers amnistiés.

Ce jour-là, la chance était au rendez-vous. Les livres nous avaient pardonnés parce que, au fond, ils ne sont pas méchants quand ils se font voler.

Ce même jour, je suis allé à la librairie du centre commercial et j'ai acheté mon premier livre avec fierté : *Le Vieil Homme et la Mer*.

Je l'ai recommencé à zéro : « Il était une fois un vieil homme, tout seul dans son bateau qui pêchait au milieu du Gulf Stream. »

Les Tireurs d'étoiles

Jérémy et Ali étaient deux copains un peu poètes et très espiègles. Leur imagination sans bornes avait fait d'eux des détrousseurs de nature. Dans la cabane qu'ils avaient construite au milieu de la forêt, ils avaient installé comme un musée extraordinaire.

Sur de petites étagères faites de cartons à chaussures, ils avaient posé plein de boîtes, de pots et de bocaux de verre dans lesquels ils tenaient enfermés quelques petits riens de la nature. Leurs prisonniers n'étaient pas des papillons, des plantes ou des feuilles mortes, mais des gouttes d'eau de pluie, éclairées de reflets multicolores, des éclairs d'orage électrisés, encore vivants, des flocons de neige, encore froids, des grêlons encore durs, des courants d'air en pleine course et même des morceaux de clairs de lune pétillants de blanc.

Tout ce beau monde en prison remplissait d'un silence étrange et surnaturel la cabane des deux voleurs.

Mais c'est dans deux des bocaux de conserve chipés à leurs mères qu'ils gardaient amoureusement deux de leurs merveilles. Pour tout l'or du monde, ils ne les céderaient à aucun musée.

Dans le premier se débattait un couple de splendides rayons de soleil, encore chauds et secs, jaunes comme le blé et raides de fierté. Leur capture avait été facile, parce que les rayons, naïfs, ignoraient qu'ils avaient des prédateurs sur terre. Jérémy les avait coincés un jour de beau temps, alors qu'ils baladaient leur insouciance lumineuse dans la forêt.

Ali, lui, avait capturé la deuxième merveille du musée, encore plus merveilleuse que l'autre : un segment d'arc-en-ciel, vivant lui aussi, pris sur le vif de toutes ses couleurs qu'il avait conservées intactes dans le bocal.

Sa capture n'avait pas été très facile. Il s'était agrippé à sa traîne comme un beau diable.

Un jour incertain, après un violent orage, Ali avait vu l'arc s'arc-bouter entre le ciel et la terre et, son piège en verre à la main, il avait couru vers sa cascade multicolore. Mais, une fois près de lui, l'arc était devenu invisible, comme s'il avait senti la présence du jeune détrousseur de couleurs. Ali avait dû attendre, tapis derrière un bosquet, son redéploiement pour lui sauter dessus et lui subtiliser quelques pans de beauté. Puis il avait refermé promptement son bocal et l'avait rapporté au musée des Natures.

Le morceau d'arc-en-ciel ne s'était pas débattu ; il était tout simplement déboussolé de se retrouver en cage.

Ali, au fond de son cœur, avait eu un peu honte d'avoir amputé l'arc d'un morceau de son écharpe, mais Jérémy, fasciné par la beauté extravagante de ce paon du ciel, l'avait aussitôt rassuré :

– Ces choses-là se reforment toutes seules, avait-il dit.

Avec grand soin, ils avaient placé les deux rayons de soleil et le morceau d'arc-en-ciel dans un coin protégé de leur musée, recouvert les deux bocaux d'un plastique transparent. Parfois, il leur semblait entendre des gémissements, mais ils faisaient les sourds.

Personne ne connaissait leur caverne secrète et ils se gardaient bien d'en révéler l'existence à qui que ce soit, surtout pas au maître d'école, M. Naturel, qui leur disait chaque matin, pendant la leçon de sciences naturelles, pourquoi il était important de respecter et de protéger les choses de la vie.

– Ce sont les lumières de la vie des hommes, il avait dit.

– Deux rayons de soleil en moins, ce n'est pas la mer à boire, avait assuré Ali.

Car Jérémy avait peur, quelquefois, d'être devenu un mauvais garçon.

Mais leur soif de cambriolage devint de plus en plus grande. Toutes les semaines, bocal en main, ils partaient à la chasse aux morceaux de nature, comme on va à la chasse aux papillons. Ils firent ainsi prisonniers des longueurs de rafales de vent, des éclairs d'orage vivants, et même du coton de nuages crémeux. Bientôt, ils n'allaient plus avoir assez de place dans leur musée et plus assez de cages pour leurs prisonniers.

Un jour, Jérémy eut une idée gigantesque. C'est le mot « arc-en-ciel » qui la lui avait donnée. Quand il en parla à Ali, celui-ci ouvrit des yeux exorbités, tellement le piège que son copain avait manigancé était rocambolesque et au-delà du réel.

– On va se fabriquer des arcs immenses et on va tirer des flèches sur les étoiles, une par une, pour les faire tomber ; après, on les ramassera et on en fera des lampes merveilleuses pour notre cabane. La nuit, on pourra voir tout en clair de lune !

C'était cela, l'idée de Jérémy.

Ali était subjugué : tirer des étoiles !

Jamais il n'aurait pu penser tout seul à un vol pareil. Il accepta avec enthousiasme, mais non sans quelques remords :

– On a déjà volé à la Lune plusieurs de ses clairs ; si on lui pique aussi ses étoiles, tu crois qu'elle va fermer les yeux ? Jérémy avait ri de bon cœur :

– La Lune et les étoiles, c'est deux mondes différents, c'est pas pareil du tout, avait-il dit sans autre explication.

Mais il ne se doutait nullement des conséquences de son idée. Quelques jours plus tard, ils se rendirent dans la forêt et cassèrent sur un arbre deux grandes branches avec lesquelles ils fabriquèrent des arcs et des flèches. Au bout des flèches, ils avaient taillé des pointes qui ressemblaient à des hameçons de poissons. Leur apparence était assez cruelle. On pouvait déjà les imaginer transpercer les étoiles, se planter dans les cœurs argentés et les forcer à se décrocher de leur nuit, pour descendre sur terre. Ça faisait mal à l'imagination, des idées pareilles.

Un beau jour, quand la nuit posa sa couette sur le village des enfants, Jérémy prétexta aller chez Ali, et Ali prétexta aller chez Jérémy, pour jouer. Leurs parents les laissèrent sortir. Demain était dimanche, ils pourraient faire la grasse matinée.

Les deux Indiens se retrouvèrent sous la nuit, tout excités par le méfait qu'ils allaient commettre.

C'était une nuit particulièrement illuminée.

Madame la Lune exposait en grand son phosphore, et on voyait nettement se dessiner des océans et des continents sur sa pupille. Autour d'elle, éparpillées dans un grand désordre, les étoiles scintillaient comme des taches de rousseur en argent, allongées dans l'écume vague de la Voie lactée.

Jérémy et Ali avaient les yeux rivés sur ce toit du monde merveilleux. Soudain, deux étoiles filantes tracèrent une ligne droite dans le bleu nuit et leur souvenir s'évapora aussi sec.

– J'en veux une ! s'écria Jérémy.

Ce sera notre trophée.

– On peut pas, nuança Ali, elles filent trop vite. Même nos yeux ne peuvent pas les attraper. Faut tirer sur celles qui ne se défilent pas. Faut pas demander le ciel !

Sa phrase terminée, il brandit son arme dans la haute nuit et, de toutes ses forces, banda son arc et lâcha sa première flèche. Elle siffla et traversa l'atmosphère à vive allure, droit vers un essaim de petites perles, et se planta sèchement dans l'une d'elles. Les autres qui l'entouraient esquissèrent un mouvement de recul, surprises par l'agression mortelle, et on assista à un grand remue-ménage dans le ciel. Même l'œil lunaire sembla cligner de stupeur.

Quelques instants plus tard, la flèche retomba, serrant mortellement l'étoile qui descendait en tourbillonnant de douleur vers les deux chasseurs. Quand elle toucha terre, Jérémy, tel un chien de chasse, courut vers elle mais, à sa grande surprise, il découvrit à son bout une boule calcinée, sans vie, éteinte.

Il la ramassa, déçu.

– Tu l'as tuée, dit-il à Ali ; il faudrait tirer moins fort.

– Je vais essayer, répondit Ali.

– Non, c'est à moi, chacun son tour, proposa Jérémy. Je vais dégommer la Grande Ourse.

– La Grande Ourse ! reprit Ali en s'esclaffant.

Mais Jérémy avait déjà lancé la mort dans la nuit. La flèche déchira le ciel et percuta une étoile qui se décrocha, entraînant avec elle dans sa chute ses quatre sœurs. La nuit frissonna d'un seul coup et, cette fois, la Voie lactée rangea définitivement sa clarté et le ciel se tamisa d'un cran.

On y voyait moins clair. La Grande Ourse s'écrasa aux pieds des enfants. Ses lumières étaient encore vives, et Ali ouvrit vite un bocal pour y enfermer les brillantes sœurs. Elles gigotaient comme des poissons en or dans leur cage de verre.

– C'est magnifiquement extraordinaire, lâcha Ali hébété. J'ai jamais vu quelque chose d'aussi beau !

– Le Chariot, maintenant, dit Jérémy en armant à nouveau son arc.

– Le Chariot ! reprit Ali tout excité.

Jérémy tira encore et, quand sa flèche vibra dans les airs, plusieurs étoiles éteignirent leur phare pour se protéger, comme des hérissons.

La clarté de la nuit baissa encore d'un ton.

– Regarde, y en a qui s'éteignent, dit Ali, maintenant inquiet.

La peur commença aussi d'étreindre Jérémy, mais c'était trop tard, il avait déjà tiré à nouveau. Sa flèche alla s'écraser droit dans le Chariot, provoquant une incroyable agitation dans la nuit, des étoiles filantes se mirent à filer de partout, paniquées, d'autres se serraient les unes contre les autres pour se donner du courage, et tout d'un coup, en un éclair, un flash brutal, la Lune cessa de briller.

Tout net. Elle devint noire. La flèche de Jérémy redescendait lentement sur terre avec son Chariot étincelant à son bout et, dans le noir, ça faisait comme un arbre de Noël magique et blessé.

Une terreur s'empara des deux voleurs d'étoiles et, en une seconde, sans attendre le retour du Chariot, ils abandonnèrent leurs armes à terre, leurs bocaux, et s'enfuirent à toutes jambes chez eux.

On entendait la nuit crier, là-bas en haut ; des cris de révolte et de protestation.

Une fois parvenus chez les parents d'Ali, les deux enfants durent expliquer cette lueur terrorisée qui allumait leurs yeux, comme si le ciel était tombé dedans. Après un long moment, le temps de retrouver la parole, Jérémy dit :

– On a tué des étoiles et la Lune est morte. On ne voit plus rien dehors.

Il était mort de peur. Les parents d'Ali étaient stupéfaits. Ils allèrent trouver les parents de Jérémy et, tous ensemble, constatèrent les dégâts que les enfants avaient causés dans la nuit tranquille. Ali et Jérémy montrèrent l'endroit exact où ils tenaient prisonnière la Grande Ourse et où était tombé le Chariot. Les étoiles étaient sur le point de rendre leur dernière lueur quand le papa d'Ali se jeta sur la flèche et le bocal. Il décrocha le Chariot et ouvrit la porte à la Grande Ourse, et toutes les étoiles détalèrent sur un courant d'air, en direction de leur galaxie. On aurait dit des poissons pêchés et rejetés à l'eau de leur vie. Presque aussitôt, des points blancs réapparurent dans le ciel, la Voie lactée redéploya sa poudre d'écume et la Lune rouvrit son œil incandescent. Puis, dans un silence total, tout s'immobilisa à nouveau, comme avant. Deux étoiles filantes se remirent à faire la course sur un chemin de cristal.

Le ciel reprit vie.

Dès le lendemain, au réveil, les deux voleurs de nature filèrent dans la cabane et libérèrent du musée tous leurs prisonniers. Ils ouvrirent les couvercles des bocaux et regardèrent disparaître dans la vie les rafales de vent, les gouttes d'eau de pluie, les flocons de neige, les grêlons durs, les éclairs électrisés, les courants d'air, les clairs de lune, et même les rayons de soleil et le segment d'arc-en-ciel. Sans regrets.

Ce dimanche matin, ils lancèrent vers les cieux un regard de repentis, et la Lune qui allait se coucher, après une nuit bien étrange, leur adressa un clin d'œil de pardon.

DU MÊME AUTEUR

Chez le même éditeur

Le Gone du Chaâba
« Point-Virgule » n° 39, 1986
Le Seuil, 1998
« Points » n° 1320
et Le Seuil Jeunesse, 2005

Béni ou le paradis privé
« Point-Virgule » n° 69, 1989
et « Points » n° 1321

Écarts d'identité
en collaboration avec Abdellatif Chaouite
« Point-Virgule » n° 86, 1990

Les Voleurs d'écritures
illustré par Catherine Louis
« Petit Point » n° 7, 1990

L'Ilet-aux-Vents
« Point-Virgule » n° 114, 1992

Les Tireurs d'étoiles
illustré par Josette Andress
« Petit Point » n° 36, 1992

Quartiers sensibles
en collaboration avec Christian Delorme
« Point-Virgule » n° 145, 1994

Une semaine à Cap maudit
illustré par Catherine Louis
« Petit Point » n° 79, 1994

Les Chiens aussi
Le Seuil, 1995
« Point-Virgule » n° 174, 1996
et « Points » n° 1229

Le Gone du Chaâba
Béni ou le paradis privé
Les Chiens aussi
3 volumes sous coffret
« Point-Virgule » n° 905, 1996

Zenzela
Le Seuil, 1997
et « Point-Virgule » n° 197

Du bon usage de la distance chez les sauvageons
en collaboration avec Reynald Rossini
« Point-Virgule » n° 199, 1999

Le Passeport
Le Seuil, 2000
et « Points » n° 1410

Ahmed de Bourgogne
en collaboration avec Ahmed Benediff
Le Seuil, 2001
et « Points-Virgule » n° 59

Les Voleurs d'écritures
Les Tireurs d'étoiles
sous coffret
« Points-Virgule » n° 46, 2005

Le Théorème de Mamadou
Le Seuil Jeunesse, 2002

Le Marteau pique-cœur
Le Seuil, 2004
et « Points » n°1313

Parus chez d'autres éditeurs

L'Immigré et sa ville
Presses universitaires de Lyon, 1984

La Ville des autres
Presses universitaires de Lyon, 1991

La Force du berger
illustré par Catherine Louis
La Joie de lire, 1991

Jordi et le Rayon perdu
La Joie de lire, 1992

Le Temps des villages
illustré par Catherine Louis
La Joie de lire, 1993

Les Lumières de Lyon
en collaboration avec C. Burgelin et A. Decourtray
Créations du Pélican, 1994

Quand on est mort, c'est pour toute la vie
Gallimard, « Page Blanche », 1991
et Gallimard Jeunesse, 1998, 2002

Ma maman est devenue une étoile
illustré par Catherine Louis
La Joie de lire, 1995

Mona et le bateau-livre
illustré par Catherine Louis
Compagnie du livre, 1995
et Chardon bleu, 1996

Espace et exclusion
L'Harmattan, 1995

Place du Pont, la Médina de Lyon
Autrement, 1997

Dis Oualla !
Fayard, « Libres », 1997
et Mille et une nuits, 2001

Un train pour chez nous
Thierry Magnier, 2001

Les Dérouilleurs
Mille et une nuits, 2002

L'Intégration
Le Cavalier bleu, 2003

La Musique du Maghreb : Zowa et l'oasis
raconté par Fellag
Illustré par Nicolas Debon
mise en musique par Fatahallah Ghoggal et Luis Saldanha
Gallimard Jeunesse, « Mes premières découvertes de la musique », 2005

L'Île des gens d'ici
illustrations de Jacques Ferrandez
Albin Michel, 2006

RÉALISATION : NORD-COMPO À VILLENEUNE-D'ASCQ
IMPRESSION : BRODARD ET TAUPIN À LA FLÈCHE
DÉPÔT LÉGAL : NOVEMBRE 2006. N° 90134 (38389)
IMPRIMÉ EN FRANCE

Collection Points

DERNIERS TITRES PARUS

P1467. Rilke, *Philippe Jaccottet*
P1468. C'était mieux avant, *Howard Buten*
P1469. Portrait du Gulf Stream, *Érik Orsenna*
P1470. La Vie sauve, *Lydie Violet et Marie Desplechin*
P1471. Chicken Street, *Amanda Sthers*
P1472. Polococktail Party, *Dorota Maslowska*
P1473. Football factory, *John King*
P1474. Une petite ville en Allemagne, *John le Carré*
P1475. Le Miroir aux espions, *John le Carré*
P1476. Deuil interdit, *Michael Connelly*
P1477. Le Dernier Testament, *Philip Le Roy*
P1478. Justice imminente, *Jilliane Hoffman*
P1479. Ce cher Dexter, *Jeff Lindsay*
P1480. Le Corps noir, *Dominique Manotti*
P1481. Improbable, *Adam Fawer*
P1482. Les Rois hérétiques, Les Monarchies divines II
Paul Kearney
P1483. L'Archipel du soleil, Les Enfants de l'Atlantide II
Bernard Simonay
P1484. Code Da Vinci : l'enquête
Marie-France Etchegoin et Frédéric Lenoir
P1485. L. A. Confidentiel : les secrets de Lance Armstrong
Pierre Ballester et David Walsh
P1486. Maria est morte, *Jean-Paul Dubois*
P1487. Vous aurez de mes nouvelles, *Jean-Paul Dubois*
P1488. Un pas de plus, *Marie Desplechin*
P1489. D'excellente famille, *Laurence Deflassieux*
P1490. Une femme normale, *Émilie Frèche*
P1491. La Dernière Nuit, *Marie-Ange Guillaume*
P1492. Le Sommeil des poissons, *Véronique Ovaldé*
P1493. La Dernière Note, *Jonathan Kellerman*
P1494. La Cité des jarres, *Arnaldur Indridason*
P1495. Électre à La Havane, *Leonardo Padura*
P1496. Le croque-mort est bon vivant, *Tim Cockey*

P1497. Le Cambrioleur en maraude, *Lawrence Block*
P1498. L'Araignée d'émeraude, La Saga de Raven II
Robert Holdstock et Angus Wells
P1499. Faucon de mai, *Gillian Bradshaw*
P1500. La Tante marquise, *Simonetta Agnello Hornby*
P1501. Anita, *Alicia Dujovne Ortiz*
P1502. Mexico City Blues, *Jack Kerouac*
P1503. Poésie verticale, *Roberto Juarroz*
P1506. Histoire de Rofo, Clown, *Howard Buten*
P1507. Manuel à l'usage des enfants qui ont des parents difficiles
Jeanne Van den Brouk
P1508. La Jeune Fille au balcon, *Leïla Sebbar*
P1509. Zenzela, *Azouz Begag*
P1510. La Rébellion, *Joseph Roth*
P1511. Falaises, *Olivier Adam*
P1512. Webcam, *Adrien Goetz*
P1513. La Méthode Mila, *Lydie Salvayre*
P1514. Blonde abrasive, *Christophe Paviot*
P1515. Les Petits-Fils nègres de Vercingétorix, *Alain Mabanckou*
P1516. 107 ans, *Diastème*
P1517. La Vie magnétique, *Jean-Hubert Gailliot*
P1518. Solos d'amour, *John Updike*
P1519. Les Chutes, *Joyce Carol Oates*
P1520. Well, *Matthieu McIntosh*
P1521. À la recherche du voile noir, *Rick Moody*
P1522. Train, *Pete Dexter*
P1523. Avidité, *Elfriede Jelinek*
P1524. Retour dans la neige, *Robert Walser*
P1525. La Faim de Hoffman, *Leon de Winter*
P1526. Marie-Antoinette, La Naissance d'une reine.
Lettres choisies, *Évelyne Lever*
P1527. Les Petits Verlaine *suivi de* Samedi, dimanche et fêtes
Jean-Marc Roberts
P1528. Les Seigneurs de guerre de Nin. La Saga du roi dragon II
Stephen Lawhead
P1529. Le Dire des Sylfes. La Malerune II
Michel Robert et Pierre Grimbert
P1530. Le Dieu de glace. La Saga de Raven III
Robert Holdstock et Angus Wells

P1531. Un bon cru, *Peter Mayle*
P1532. Confessions d'un boulanger, *Peter Mayle et Gérard Auzet*
P1533. Un poisson hors de l'eau, *Bernard Comment*
P1534. Histoire de la Grande Maison, *Charif Majdalani*
P1535. La Partie belle *suivi de* La Comédie légère
Jean-Marc Roberts
P1536. Le Bonheur obligatoire, *Norman Manea*
P1537. Les Larmes de ma mère, *Michel Layaz*
P1538. Tant qu'il y aura des élèves, *Hervé Hamon*
P1539. Avant le gel, *Henning Mankell*
P1540. Code 10, *Donald Harstad*
P1541. Les Nouvelles Enquêtes du Juge Ti, vol. 1
Le Château du lac Tchou-An, *Frédéric Lenormand*
P1542. Les Nouvelles Enquêtes du Juge Ti, vol. 2
La Nuit des juges, *Frédéric Lenormand*
P1543. Que faire des crétins ? Les perles du Grand Larousse
Pierre Enckell et Pierre Larousse
P1544. Motamorphoses. À chaque mot son histoire
Daniel Brandy
P1545. L'habit ne fait pas le moine. Petite histoire des expressions
Gilles Henry
P1546. Petit Fictionnaire illustré. Les mots qui manquent au dico
Alain Finkielkraut
P1547. Le Pluriel de bric-à-brac et autres difficultés
de la langue française, *Irène Nouailhac*
P1548. Un bouquin n'est pas un livre. Les nuances des synonymes
Rémi Bertrand
P1549. Sans nouvelles de Gurb, *Eduardo Mendoza*
P1550. Le Dernier Amour du président, *Andreï Kourkov*
P1551. L'Amour soudain, *Aharon Appelfeld*
P1552. Nos plus beaux souvenirs, *Stewart O'Nan*
P1553. Saint-Sépulcre !, *Patrick Besson*
P1554. L'Autre comme moi, *José Saramago*
P1555. Pourquoi Mitterrand ?, *Pierre Joxe*
P1556. Pas si fous ces Français !
Jean-Benoît Nadeau et Julie Barlow
P1557. La Colline des Anges
Jean-Claude Guillebaud et Raymond Depardon

P1558. La Solitude heureuse du voyageur
précédé de Notes, *Raymond Depardon*
P1559. Hard Revolution, *George P. Pelecanos*
P1560. La Morsure du lézard, *Kirk Mitchell*
P1561. Winterkill, *C.J. Box*
P1562. La Morsure du dragon, *Jean-François Susbielle*
P1563. Rituels sanglants, *Craig Russell*
P1564. Les Écorchés, *Peter Moore Smith*
P1565. Le Crépuscule des géants. Les Enfants de l'Atlantide III
Bernard Simonay
P1566. Aara. Aradia I, *Tanith Lee*
P1567. Les Guerres de fer. Les Monarchies divines III
Paul Kearney
P1568. La Rose pourpre et le Lys, tome 1, *Michel Faber*
P1569. La Rose pourpre et le Lys, tome 2, *Michel Faber*
P1570. Sarnia, *G.B. Edwards*
P1571. Saint-Cyr/La Maison d'Esther, *Yves Dangerfield*
P1572. Renverse du souffle, *Paul Celan*
P1573. Pour un tombeau d'Anatole, *Stéphane Mallarmé*
P1574. 95 Poèmes, *E.E. Cummings*
P1575. Le Dico des mots croisés, *Michel Laclos*
P1576. Les deux font la paire, *Patrice Louis*
P1577. Le Petit Manuel du français maltraité, *Pierre Bénard*
P1578. L'Avortement, *Richard Brautigan*
P1579. Les Braban, *Patrick Besson*
P1580. Le Sac à main, *Marie Desplechin*
P1581. Nouvelles du monde entier, *Vincent Ravalec*
P1582. Le Sens de l'arnaque, *James Swain*
P1583. L'Automne à Cuba, *Leonardo Padura*
P1584. Le Glaive et la flamme. La Saga du roi dragon III
Stephen Lawhead
P1585. La Belle Arcane. La Malerune III
Michel Robert et Pierre Grimbert
P1586. Femme en costume de bataille, *Antonio Benitez-Rojo*
P1587. Le Cavalier de l'Olympe. Le Châtiment des Dieux II
François Rachline
P1588. Le Pas de l'ourse, *Douglas Glover*
P1589. Lignes de fond, *Neil Jordan*
P1590. Monsieur Butterfly, *Howard Buten*